হ্যান্সেল্ আর গ্রেটেল্

Hansel and Gretel

Retold by Manju Gregory
Illustrated by Jago

Bengali translation by Sujata Banerjee

Mantra

অনেকদিন আগে এক গরীব কাঠুরে, তার বৌ আর দুই বাচ্চাকে নিয়ে থাকত। ছেলেটার নাম ছিল হ্যান্‌সেল্‌ আর তার বোনের নাম ছিল গ্রেটেল্‌। সেই সময় চারিদিকে মারাত্মক দূর্ভিক্ষ ছড়িয়ে পড়েছিল। একদিন সন্ধ্যেবেলা কাঠুরে খুব হতাশ হয়ে তার বৌকে বলে, "আমাদের সকলের খাবার মত রুটিও তো দেখছি প্রায় শেষ।"
"আমার কথা শোন," তার বৌ বলে, "আমরা বাচ্চাদের জঙ্গলে নিয়ে গিয়ে সেখানেই রেখে চলে আসব। তারা নিজেরাই কিছু একটা করে চালিয়ে দেবে।"
"কিন্তু তাদের যদি হিংস্র জন্তুরা ছিঁড়ে খন্ড খন্ড করে দেয় তাহলে!"
"তুমি কি চাও যে আমরা সকলেই একসাথে মারা যাই?" বৌ বলে। কাঠুরে আর তার বৌ এই নিয়ে অনেক তর্ক করে। কিন্তু অবশেষে কাঠুরে রাজি হয়।

Once upon a time, long ago, there lived a poor woodcutter with his wife and two children. The boy's name was Hansel and his sister's, Gretel. At this time a great and terrible famine had spread throughout the land. One evening the father turned to his wife and sighed, "There is scarcely enough bread to feed us."
"Listen to me," said his wife. "We will take the children into the wood and leave them there. They can take care of themselves."
"But they could be torn apart by wild beasts!" he cried.
"Do you want us all to die?" she said. And the man's wife went on and on and on, until he agreed.

ছেলেমেয়েরা কিন্তু পেটে ক্ষিদের জ্বালায় শুয়ে জেগেই ছিল।
তারা সব শোনে আর গ্রেটেল্ তো ফুঁপিয়ে ফুঁপিয়ে কাঁদতে শুরু করে।
"কিছু ভাবিস না," হ্যান্সেল্ বলে, "আমি জানি কি ভাবে আমরা পালিয়ে
আবার ফিরে আসব।"
সে পা টিপে টিপে বাইরে বাগানে গেল। চাঁদের আলোতে পরিষ্কার সাদা
নুঁড়ি-পাথরগুলো পথে রুপোর পয়সার মত ঝক্ঝক্ করছিল। হ্যান্সেল্ তার
পকেট ভর্তি করে ঐ নুঁড়ি-পাথর নিয়ে তার বোনের কাছে চলে এলো।

The two children lay awake, restless and weak with hunger.
They had heard every word, and Gretel wept bitter tears.
"Don't worry," said Hansel, "I think I know how we can save ourselves."
He tiptoed out into the garden. Under the light of the moon, bright white pebbles shone like
silver coins on the pathway. Hansel filled his pockets with pebbles and returned to comfort
his sister.

পরের দিন খুব ভোরে এমনকি সূর্য উঠারো আগে, হ্যান্‌সেল্‌ আর গ্রেটেল্‌কে তাদের আম্মা ঠেলে তুলে দিলেন।
“ওঠো ওঠো, আমরা জঙ্গলে যাচ্ছি। এই নাও একটা করে রুটি রাখ কিন্তু সবটা একসাথেই খেয়ে ফেলোনা।”
তারা সকলে একসাথে রওনা দিল। হ্যান্‌সেল্‌ একটু পর পরই থেমে পিছন ফিরে তাদের বাড়ির দিকে শুধু দেখছে।
“কি করছটা কি?” তার আব্বা চিৎকার করে বলেন।
“দেখ আমাদের ঐ সাদা বিড়ালটা ছাদের উপর বসে আছে, আমি ওকে শুধু হাত নেড়ে বিদায় জানাচ্ছি।”
“বাজে কথা!” আম্মা বলেন, “সত্যি করে বলো কি ব্যাপার। ওটা তো সূর্য্যের আলো চিমনির গায়ে এসে পড়েছে।”
হ্যানসেল্‌ আসলে লুকিয়ে লুকিয়ে রাস্তায় ঐ সাদা নুড়ি-পাথরগুলো ফেলছিল।

Early next morning, even before sunrise, the mother shook Hansel and Gretel awake.
“Get up, we are going into the wood. Here’s a piece of bread for each of you, but don’t eat it all at once.”
They all set off together. Hansel stopped every now and then and looked back towards his home.
“What are you doing?” shouted his father.
“Only waving goodbye to my little white cat who sits on the roof.”
“Rubbish!” replied his mother. “Speak the truth. That is the morning sun shining on the chimney pot.”
Secretly Hansel was dropping white pebbles along the pathway.

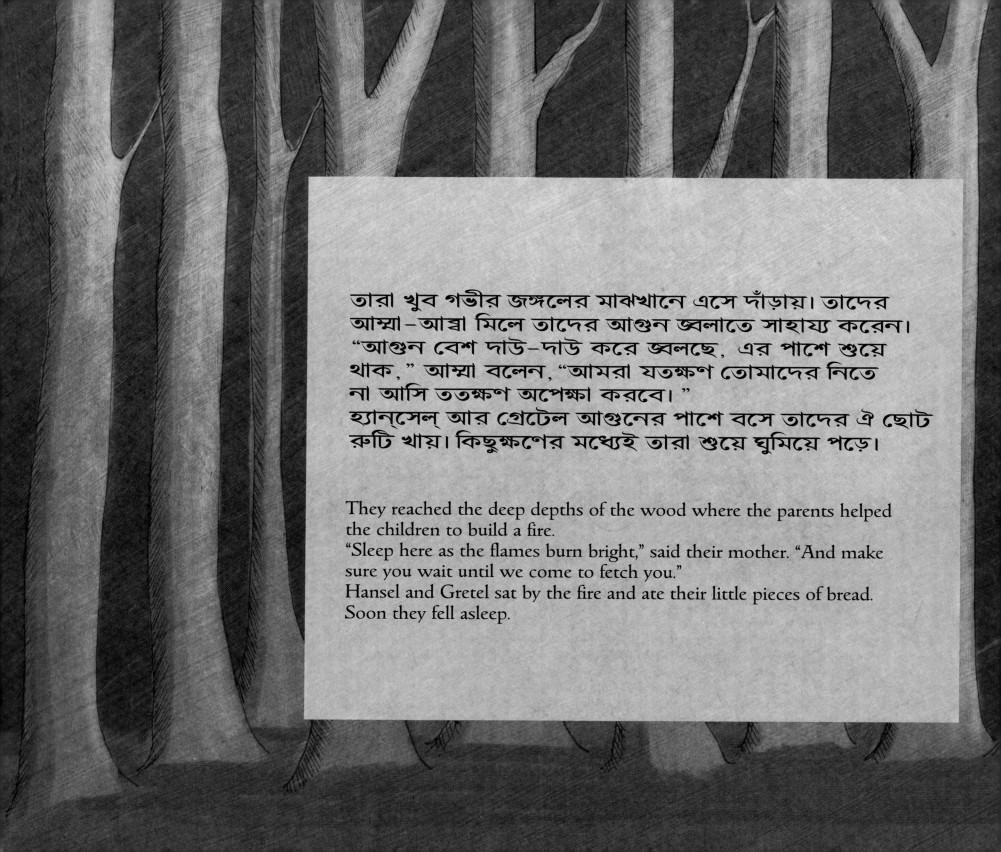

তারা খুব গভীর জঙ্গলের মাঝখানে এসে দাঁড়ায়। তাদের আম্মা–আব্বা মিলে তাদের আগুন জ্বলাতে সাহায্য করেন।
“আগুন বেশ দাউ–দাউ করে জ্বলছে, এর পাশে শুয়ে থাক,” আম্মা বলেন, “আমরা যতক্ষণ তোমাদের নিতে না আসি ততক্ষণ অপেক্ষা করবে।”
হ্যান্‌সেল্‌ আর গ্রেটেল আগুনের পাশে বসে তাদের ঐ ছোট রুটি খায়। কিছুক্ষণের মধ্যেই তারা শুয়ে ঘুমিয়ে পড়ে।

They reached the deep depths of the wood where the parents helped the children to build a fire.
“Sleep here as the flames burn bright,” said their mother. “And make sure you wait until we come to fetch you.”
Hansel and Gretel sat by the fire and ate their little pieces of bread. Soon they fell asleep.

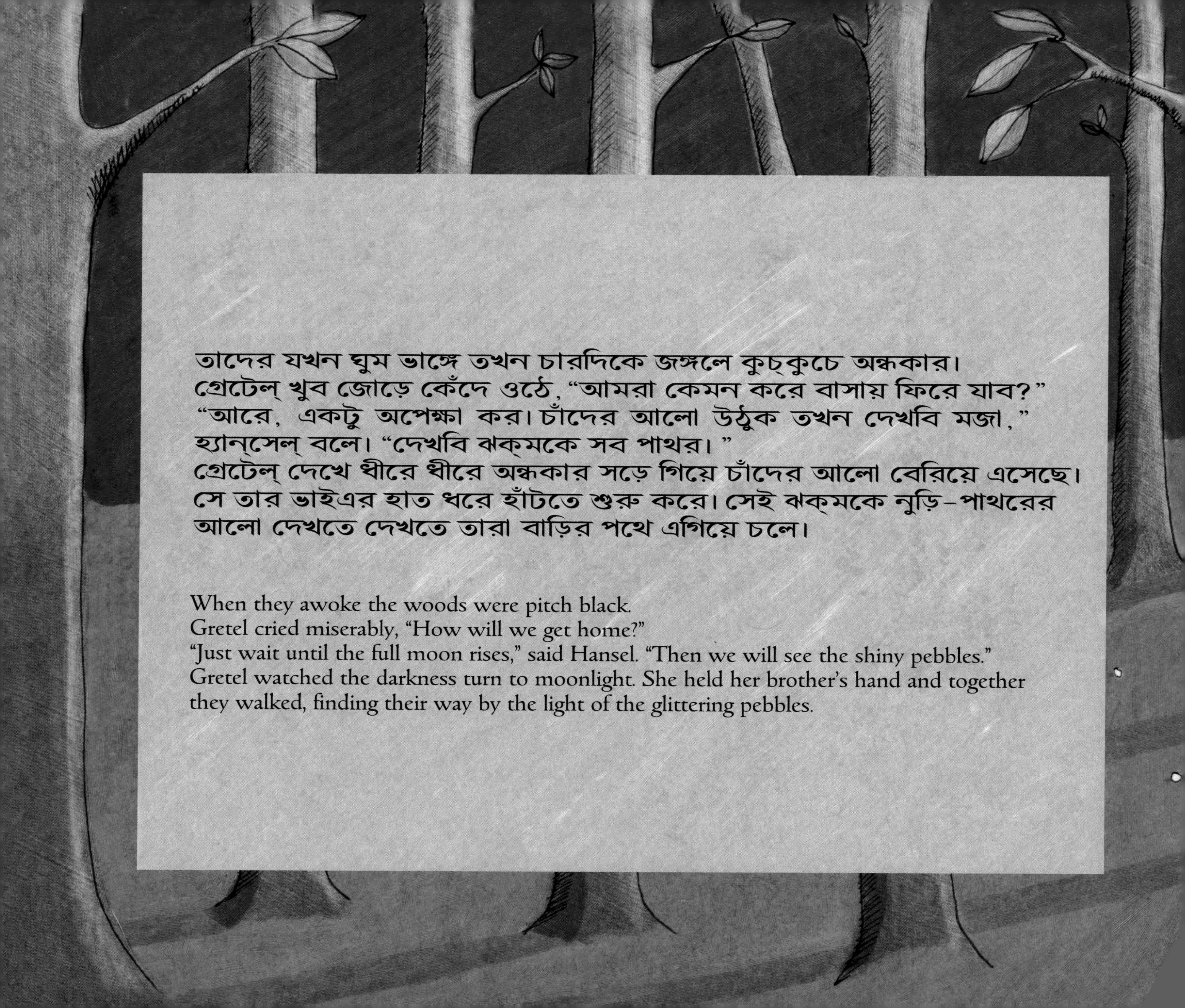

তাদের যখন ঘুম ভাঙ্গে তখন চারদিকে জঙ্গলে কুচ্‌কুচে অন্ধকার।
গ্রেটেল্‌ খুব জোড়ে কেঁদে ওঠে, “আমরা কেমন করে বাসায় ফিরে যাব?”
“আরে, একটু অপেক্ষা কর। চাঁদের আলো উঠুক তখন দেখবি মজা,”
হ্যান্‌সেল্‌ বলে। “দেখবি ঝক্‌মকে সব পাথর।”
গ্রেটেল্‌ দেখে ধীরে ধীরে অন্ধকার সড়ে গিয়ে চাঁদের আলো বেরিয়ে এসেছে।
সে তার ভাইএর হাত ধরে হাঁটতে শুরু করে। সেই ঝক্‌মকে নুড়ি–পাথরের
আলো দেখতে দেখতে তারা বাড়ির পথে এগিয়ে চলে।

When they awoke the woods were pitch black.
Gretel cried miserably, “How will we get home?”
“Just wait until the full moon rises,” said Hansel. “Then we will see the shiny pebbles.”
Gretel watched the darkness turn to moonlight. She held her brother’s hand and together they walked, finding their way by the light of the glittering pebbles.

সকালবেলা তারা কাঠুরের বাসায় এসে পৌছায়।
দরজা খুলেই তাদের আম্মা চেঁচিয়ে ওঠেন, "তোমরা জঙ্গলে
এতক্ষণ কেন ঘুমিয়ে ছিলে? আমি ভাবলাম তোমরা বুঝি
আর বাসায় আসতে পারবেনা।"
তিনি রেগে আগুন কিন্তু আব্বা তাদের দেখে খুব খুশী তার
একদমই ইচ্ছে ছিল না যে বাচ্চাদের একা জঙ্গলে
ছেড়ে আসেন।

কিছুদিন কাটে। এখনো তাদের অবস্থা ঐ একই রকম – সকলের খাওয়ার মত
যথেষ্ট খাবার নেই।
একদিন রাতে হ্যান্সেল্ আর গ্রেটেল্ শোনে তাদের আম্মা বলছেন, "না, এবার
বাচ্চাদের রেখে আসতে হবে। আমরা এবার ওদের জঙ্গলের আরও ভিতরে
নিয়ে যাব। এবার আর ওরা বাইরে আসবার পথ খুঁজেই পাবেনা।"
হ্যান্সেল্ আবার বিছানার থেকে উঠে নুঁড়ি-পাথর আনতে যায়। কিন্তু দেখে যে
দরজায় তালা দেওয়া।
"কাঁদিস্ না," সে গ্রেটেল্কে বলে। "আমি ভেবে কিছু একটা মতলব বার
করব। তুই এখন ঘুমিয়ে পড়।"

Towards morning they reached the woodcutter's cottage.
As she opened the door their mother yelled, "Why have you slept so long in the woods?
I thought you were never coming home."
She was furious, but their father was happy. He had hated leaving them all alone.

Time passed. Still there was not enough food to feed the family.
One night Hansel and Gretel overheard their mother saying, "The children must go.
We will take them further into the woods. This time they will not find their way out."
Hansel crept from his bed to collect pebbles again but this time the door was locked.
"Don't cry," he told Gretel. "I will think of something. Go to sleep now."

পরের দিন আবার বাচ্চাদের সেই গভীর জঙ্গলের ভিতর নিয়ে যাওয়া হয়। এখানে তারা আগে কখনো আসেনি। আর এবার তাদের দেওয়া হয়েছে আরও ছোট ছোট রুটি।
একটু পর পরই হ্যান্‌সেল্‌ থেমে রুটির গুঁড়ো মাটিতে ফেলতে ফেলতে হাঁটতে থাকে।
আম্মা–আব্বা আগুন জ্বালিয়ে তার পাশে তাদের শুতে বলেন। "আমরা কাঠ কাটতে যাচ্ছি আর কাটা শেষ হলে তোমাদের নিয়ে যাব," তাদের আম্মা বলেন।
গ্রেটেল্‌ ভাইএর সাথে তার রুটিটা ভাগ করে খায়। তারপর তারা বসে অপেক্ষা করতে থাকে। কিন্তু কেউই আসেনা ফিরে তাদের নিতে।
হ্যান্‌সেল্‌ বলে, "চাঁদ উঠলেই আমরা ঐ রুটির টুকরোগুলো দেখতে পাব আর তা ধরে এগিয়ে গেলেই বাসায় পৌঁছে যাব।"
চাঁদ উঠলো কিন্তু রুটির টুকরোগুলো কোথাও নেই।
জঙ্গলের পাখী আর অন্যান্য জন্তুরা সব খেয়ে ফেলেছে।

The next day, with even smaller pieces of bread for their journey, the children were led to a place deep in the woods where they had never been before. Every now and then Hansel stopped and threw crumbs onto the ground.
Their parents lit a fire and told them to sleep. "We are going to cut wood, and will fetch you when the work is done," said their mother.
Gretel shared her bread with Hansel and they both waited and waited. But no one came.
"When the moon rises we'll see the crumbs of bread and find our way home," said Hansel.
The moon rose but the crumbs were gone.
The birds and animals of the wood had eaten every one.

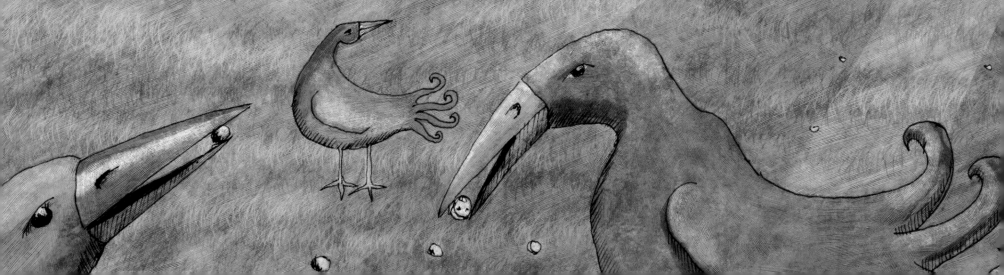

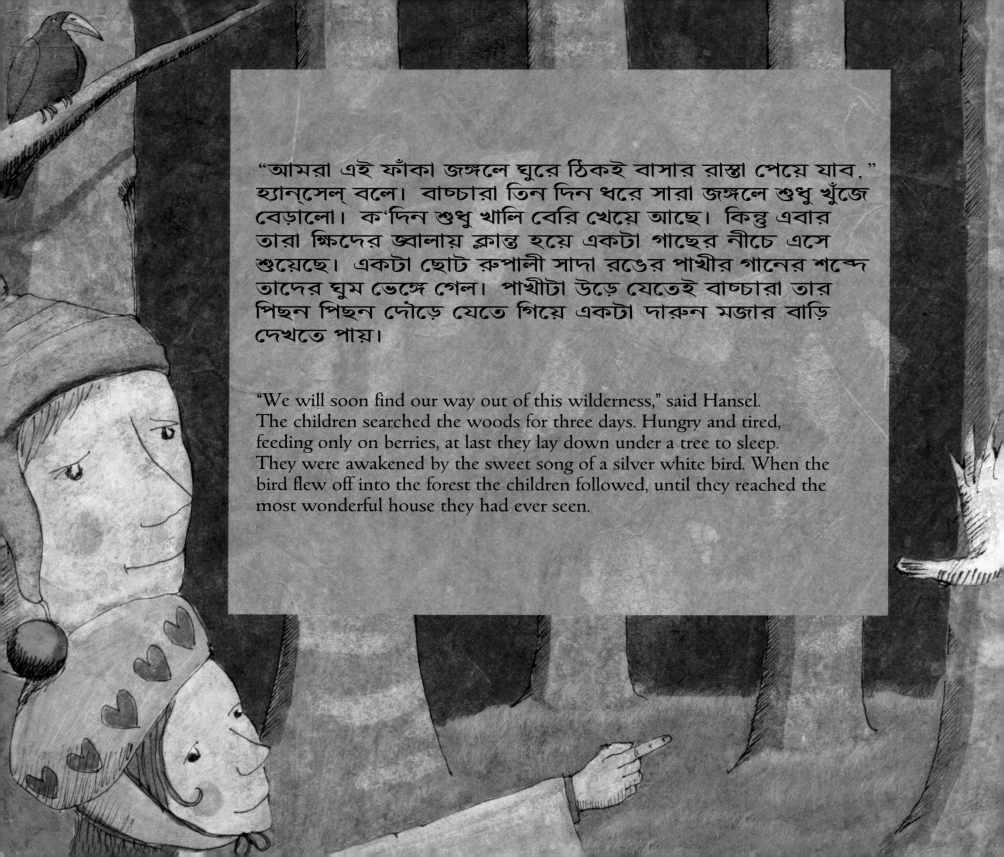

"আমরা এই ফাঁকা জঙ্গলে ঘুরে ঠিকই বাসার রাস্তা পেয়ে যাব," হ্যান্সেল্ বলে। বাচ্চারা তিন দিন ধরে সারা জঙ্গলে শুধু খুঁজে বেড়ালো। ক'দিন শুধু খালি বেরি খেয়ে আছে। কিন্তু এবার তারা ক্ষিদের জ্বালায় ক্লান্ত হয়ে একটা গাছের নীচে এসে শুয়েছে। একটা ছোট রুপালী সাদা রঙের পাখীর গানের শব্দে তাদের ঘুম ভেঙ্গে গেল। পাখীটা উড়ে যেতেই বাচ্চারা তার পিছন পিছন দৌড়ে যেতে গিয়ে একটা দারুন মজার বাড়ি দেখতে পায়।

"We will soon find our way out of this wilderness," said Hansel.
The children searched the woods for three days. Hungry and tired,
feeding only on berries, at last they lay down under a tree to sleep.
They were awakened by the sweet song of a silver white bird. When the
bird flew off into the forest the children followed, until they reached the
most wonderful house they had ever seen.

The walls were tiled with strawberry tarts,
the roof was made of chocolate hearts.
Around the windows were caramel frames
and the pathway was lined with candy canes.
"Now we can eat!" said Hansel and he bit off
a piece of the roof.
Suddenly, they heard a voice. "Jimney, Jimney,
who's that nibbling at my chimney?"
"It's the wind, it blows right in," they
answered, and went on eating.
All at once the door opened and a strange,
shrivelled woman appeared. Beyond her tiny
spectacles she had blood red eyes.
Hansel and Gretel were so frightened they
dropped their sweets.
"What brought you here, my dears?" she said.
"If it is hunger, then come and see what I
have for you."
She took them by the hand and led them
into her little house.

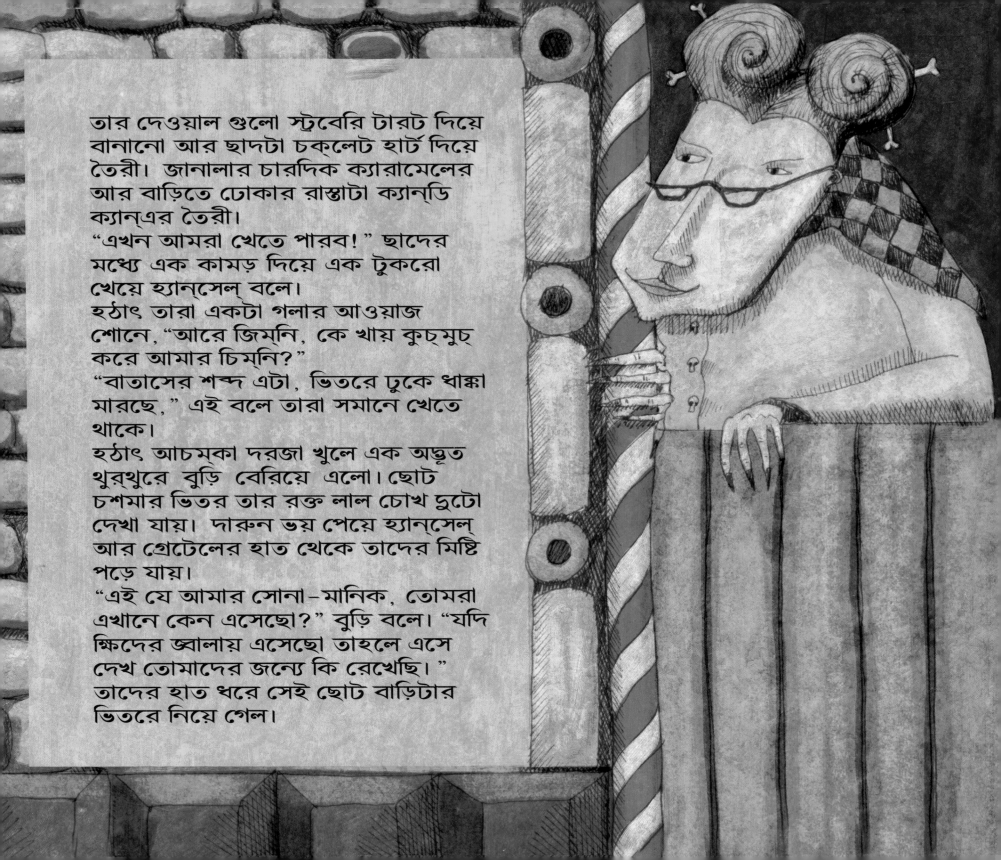

তার দেওয়াল গুলো স্ট্রবেরি টারট দিয়ে বানানো আর ছাদটা চক্‌লেট হার্ট দিয়ে তৈরী। জানালার চারদিক ক্যারামেলের আর বাড়িতে ঢোকার রাস্তাটা ক্যান্‌ডি ক্যান্‌এর তৈরী।
"এখন আমরা খেতে পারব!" ছাদের মধ্যে এক কামড় দিয়ে এক টুকরো খেয়ে হ্যান্‌সেল্‌ বলে।
হঠাৎ তারা একটা গলার আওয়াজ শোনে, "আরে জিম্‌নি, কে খায় কুচ্‌মুচ্‌ করে আমার চিম্‌নি?"
"বাতাসের শব্দ এটা, ভিতরে ঢুকে ধাক্কা মারছে," এই বলে তারা সমানে খেতে থাকে।
হঠাৎ আচম্‌কা দরজা খুলে এক অদ্ভূত থুর্‌থুরে বুড়ি বেরিয়ে এলো। ছোট চশমার ভিতর তার রক্ত লাল চোখ দুটো দেখা যায়। দারুন ভয় পেয়ে হ্যান্‌সেল্‌ আর গ্রেটেলের হাত থেকে তাদের মিষ্টি পড়ে যায়।
"এই যে আমার সোনা-মানিক, তোমরা এখানে কেন এসেছো?" বুড়ি বলে। "যদি ক্ষিদের জ্বালায় এসেছো তাহলে এসে দেখ তোমাদের জন্যে কি রেখেছি।" তাদের হাত ধরে সেই ছোট বাড়িটার ভিতরে নিয়ে গেল।

হ্যান্‌সেল্‌ আর গ্রেটেলকে দারুন দারুন সব মজার জিনিস খেতে দেওয়া হয়েছে!
আপেল, বাদাম, দুধ আর মধু দেওয়া পিঠে।
তারপর তারা সাদা চাদরে ঢাকা দেওয়া বিছানাতে শুয়ে মহা সুখে ঘুম দিল, মনে হয়
যেন তারা স্বর্গে আছে।
তাদের ভালো করে দেখে, বুড়ি বলে, “তোমরা দুজনই খুব রোগা। আজ খুব ঘুমাও আর
মিষ্টি–মিষ্টি সুখের স্বপ্ন দেখ কাল থেকে তোমাদের দুঃখের দিন শুরু হবে!”
সেই অদ্ভূত বুড়ি যে চোখেও ভালো দেখেনা আর যার বাড়িটাও খাওয়া যায়, শুধুমাত্র
ভালোমানুষের ছল করছিল। আসলে সে ছিল এক পাঁজি ডাইনী!

Hansel and Gretel were given all good things to eat! Apples and nuts, milk, and pancakes covered in honey.
Afterwards they lay down in two little beds covered with white linen and slept as though they were in heaven.
Peering closely at them, the woman said, “You’re both so thin. Dream sweet dreams for now, for tomorrow your nightmares will begin!”
The strange woman with an edible house and poor eyesight had only pretended to be friendly. Really, she was a wicked witch!

সকালবেলায় সেই পাঁজি ডাইনী হ্যান্সেলকে চেপে ধরে এক খাঁচার মধ্যে আটকে রাখে। বন্দি হয়ে আর ভয় পেয়ে হ্যান্সেল্ খুব চিৎকার করে সাহায্যের জন্য।
গ্রেটেল্ ছুটে আসে। "আমার ভাইকে কি করছ তুমি?" সে চেঁচিয়ে বলে।
সেই ডাইনী তার রক্ত লাল চোখদুটো ঘুরিয়ে খুব হাসে।
"আমি ওকে খাব বলে তৈরি করছি," বুড়ি বলে। "আর আমার সোনা মেয়ে তুমি আমাকে সব ব্যবস্থা করে দেবে।"
গ্রেটেল্ দারুন ভয় পেয়ে গেছে।
ডাইনী বুড়ি রান্নাঘরে গিয়ে তাকে তার ভাইএর জন্য অনেক অনেক খাবার তৈরি করতে বলেছে। কিন্তু তার ভাই কিছুতেই অত খেয়ে মোটা হতে চায় না।

In the morning the evil witch seized Hansel and shoved him into a cage. Trapped and terrified he screamed for help.
Gretel came running. "What are you doing to my brother?" she cried.
The witch laughed and rolled her blood red eyes.
"I'm getting him ready to eat," she replied. "And you're going to help me, young child."
Gretel was horrified.
She was sent to work in the witch's kitchen where she prepared great helpings of food for her brother.
But her brother refused to get fat.

ডাইনীবুড়ি রোজ একবার এসে হ্যান্‌সেল্‌কে দেখে যায়।
“তোমার আঙুল বের করে দেখাও,” সে কট্‌কট্‌ করে
বলে, “দেখি কতটা মোটা হয়েছ!”
হ্যান্‌সেল্‌ তার পকেটে একটা মাংসের মোটা হাড্ডি
লুকিয়ে রেখেছিল, সেটাই দেখিয়ে দেয়।
ডাইনী বুড়ি চোখে খুব একটা ভালো দেখতে পায় না।
তাই ঐ হাড্ডি দেখে ভাবে কেন ঐ ছেলে এখনো এত
খট্‌খটে রোগা।
তিন সপ্তাহ পর এবার ডাইনী আর সহ্য করতে পারল না।
“গ্রেটেল্‌, তাড়াতাড়ি কাঠ নিয়ে আয়। আজ আমরা ঐ
ছেলেকে বড় হাঁড়িতে ফেলে রাঁধব,” ঐ ডাইনী বলে।

The witch visited Hansel every day. “Stick out your finger,”
she snapped. “So I can feel how plump you are!”
Hansel poked out a lucky wishbone he’d kept in his pocket.
The witch, who as you know had very poor eyesight, just
couldn’t understand why the boy stayed boney thin.
After three weeks she lost her patience.
“Gretel, fetch the wood and hurry up, we’re going to get that
boy in the cooking pot,” said the witch.

গ্রেটেল্ আস্তে আস্তে ঐ কাঠের চুলার আগুন ধরায়। ডাইনী একেবারে অস্থির হয়ে উঠেছে। “ঐ চুলা ধরতে এত সময় কেন লাগছে? ভিতরে ঢুকে দেখ যে গরম হয়েছে কিনা!” চিৎকার করে ডাইনী বলে।
ডাইনী কি ফন্দি করেছে গ্রেটেল্ তা জানে। “আমি বুঝতে পারছিনা কি করে আগুনটা দেখব,” তাই গ্রেটেল্ বলে।
“বোকা গাধা, বোকা মেয়ে কোথাকার!” ডাইনী বুড়ি রেগে চেঁচায়। “চুলার দরজা তো অনেকটা চওড়া, এমনকি আমিও ঢুকতে পারি!”
তা দেখাবার জন্য ডাইনী তার মাথা ভিতরে ঢুকিয়ে দিল। বিদ্যুতের মত দ্রুত, গ্রেটেল্ এক ধাক্কা মেরে ঐ ডাইনী বুড়ির বাকি শরীরটাকেও সেই জ্বলন্ত চুলার মধ্যে ঢুকিয়ে দেয়। সে চুলার লোহার দরজা বন্ধ করে ছিট্‌কিনি দিয়ে দৌড়ে হ্যান্‌সেলের কাছে যায়। “ডাইনী বুড়ি মরেছে! ডাইনী বুড়ি মরেছে! এবার ঐ পাঁজি ডাইনীর খেলা শেষ!”

Gretel slowly stoked the fire for the wood-burning oven.
The witch became impatient. “That oven should be ready by now. Get inside and see if it’s hot enough!” she screamed.
Gretel knew exactly what the witch had in mind. “I don’t know how,” she said.
“Idiot, you idiot girl!” the witch ranted. “The door is wide enough, even I can get inside!”
And to prove it she stuck her head right in.
Quick as lightning, Gretel pushed the rest of the witch into the burning oven. She shut and bolted the iron door and ran to Hansel shouting: “The witch is dead! The witch is dead! That’s the end of the wicked witch!”

হ্যান্সেল্ খাঁচার মধ্যথেকে দৌড়ে পালাল।

Hansel sprang from the cage like a bird in flight.

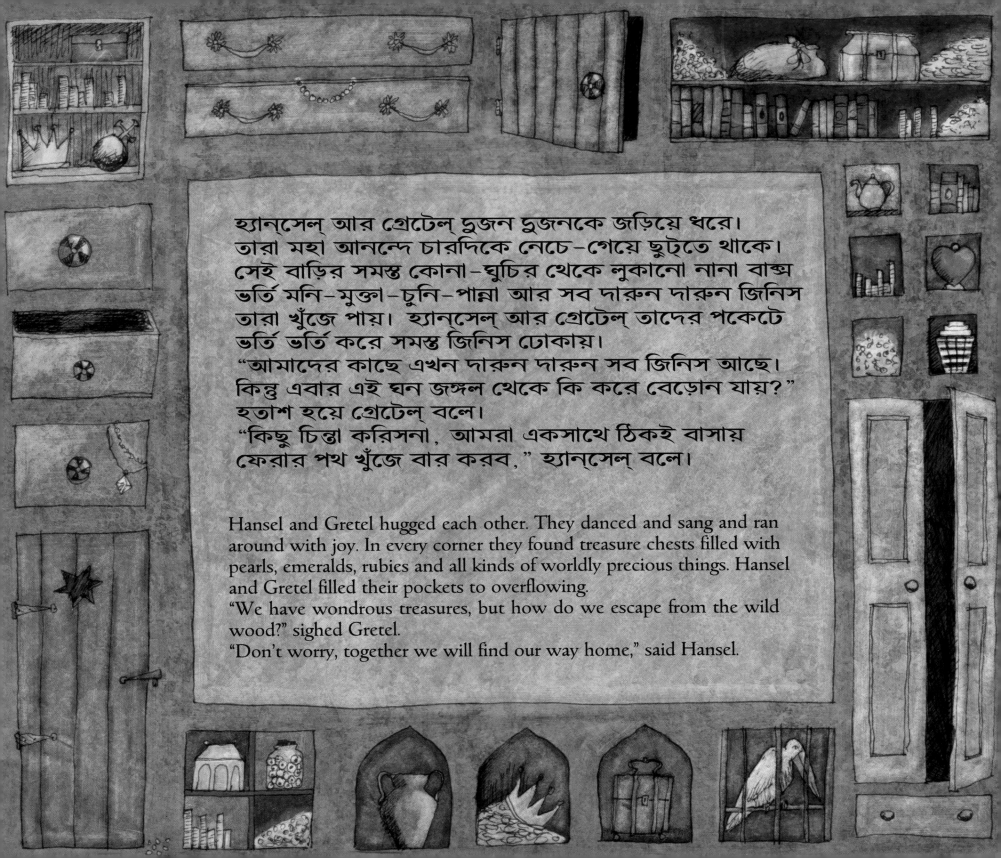

হ্যান্‌সেল্‌ আর গ্রেটেল্‌ দুজন দুজনকে জড়িয়ে ধরে।
তারা মহা আনন্দে চারদিকে নেচে-গেয়ে ছুট্‌তে থাকে।
সেই বাড়ির সমস্ত কোনা-ঘুচির থেকে লুকানো নানা বাক্স
ভর্তি মনি-মুক্তা-চুনি-পান্না আর সব দারুন দারুন জিনিস
তারা খুঁজে পায়। হ্যান্‌সেল্‌ আর গ্রেটেল্‌ তাদের পকেটে
ভর্তি ভর্তি করে সমস্ত জিনিস ঢোকায়।
"আমাদের কাছে এখন দারুন দারুন সব জিনিস আছে।
কিন্তু এবার এই ঘন জঙ্গল থেকে কি করে বেড়োন যায়?"
হতাশ হয়ে গ্রেটেল্‌ বলে।
"কিছু চিন্তা করিসনা, আমরা একসাথে ঠিকই বাসায়
ফেরার পথ খুঁজে বার করব," হ্যান্‌সেল্‌ বলে।

Hansel and Gretel hugged each other. They danced and sang and ran around with joy. In every corner they found treasure chests filled with pearls, emeralds, rubies and all kinds of worldly precious things. Hansel and Gretel filled their pockets to overflowing.
"We have wondrous treasures, but how do we escape from the wild wood?" sighed Gretel.
"Don't worry, together we will find our way home," said Hansel.

তিন ঘন্টা পর তারা এক বিরাট বিশাল পানির সামনে পৌছায়। “ইস্, পার হতে পারবনা,” হ্যান্সেল্ বলে। “কোন নৌকা নেই, কোন সেতুও নেই। শুধু আছে পরিষ্কার নীল পানি।”
“দেখ! ঐ পানির হাল্কা স্রোতের উপর একটা ধব্ধবে হংসী যায়,” গ্রেটেল্ বলে। “ও হয়তো আমাদের সাহায্য করতে পারবে।”
তারা একসাথে গেয়ে ওঠে, “ছোট হংসী, ছোট হংসী, কি সুন্দর সাদা চক্চকে ডানা তোমার, এবার দয়া করে শোন কথা আমার, কি বিশাল গভীর এই পানি, আমাদের কি পার করে দেবে তুমি হংসী রানি?”
হংসী সাঁতরে তাদের কাছে আসে। প্রথমে সে হ্যান্সেল্কে এবং তারপর গ্রেটেল্কে উঠিয়ে সেই পানির ওপারে নিয়ে দিয়ে আসে। ওপারে গিয়ে তারা এবার সব কিছু চিনতে পারছে।

After three hours they came upon a stretch of water.
“We cannot cross,” said Hansel. “There’s no boat, no bridge, just clear blue water.”
“Look! Over the ripples, a pure white duck is sailing,” said Gretel. “Maybe she can help us.”
Together they sang: “Little duck whose white wings glisten, please listen.
The water is deep, the water is wide, could you carry us across to the other side?”
The duck swam towards them and carried first Hansel and then Gretel safely across the water.
On the other side they met a familiar world.

একটু একটু করে এগিয়ে তারা কাঠুরের বাসায় গিয়ে পৌছায়।
"আমরা বাসায় এসে গেছি!" বাচ্চারা চিৎকার করে।
তাদের আব্বাতো আনন্দে আত্মহারা। "তোমরা যাওয়ার পর থেকে আমি এক মুহুর্তও শান্তিতে ছিলামনা," আব্বা বলেন।
"আমি চারিদিকে তোমাদের কত খুঁজেছি . . ."

Step by step, they found their way back to the woodcutter's cottage.
"We're home!" the children shouted.
Their father beamed from ear to ear. "I haven't spent one happy moment since you've been gone," he said.
"I searched, everywhere..."

"আর আম্মা?"
"তিনি চলে গেছেন! বাসার সব খাবার শেষ হয়ে যেতেই তিনি রেগে-মেগে চলে গেছেন। আর বলেছেন যে কোনদিনও দেখা হবেনা। তাই এবার শুধু আমরা তিনজনই থাকব।"
"আর আমাদের সব মহামূল্য মনি-মুক্তা," এই বলে পকেটে হাত ঢুকিয়ে হ্যান্‌সেল্ একটা বরফের মত সাদা একটা মুক্তো বার করে।
"বেশ," তাদের আব্বা বলেন, "এবার মনে হচ্ছে যে আমাদের সমস্ত সমস্যা শেষ হয়েছে!"

"And Mother?"
"She's gone! When there was nothing left to eat she stormed out saying I would never see her again. Now there are just the three of us."
"And our precious gems," said Hansel as he slipped a hand into his pocket and produced a snow white pearl.
"Well," said their father, "it seems all our problems are at an end!"